চাচা চৌধুরী আর আবর্জনা বিদায়
সকালের ব্যায়াম আমাদের ফিট্ রাখে।
তাজা হাওয়ায় শ্বাস নেওয়া শরীরের পক্ষে ভালো হয়।
এখানে চার দিক সবুজে সবুজ!
চাচাজী! আপনি পায়চারী সেরে নিন... ততক্ষন আমি ব্যায়াম করে নিই।
ঝড় আসছে।
চাচাজী-কে দেখতে
মাথা ঢাকার জায়গা চাই।

সেই ব্যক্তি ঝড়ের হাত থেকে নিজেকে রক্ষা করার জন্য এদিক-ওদিক ছুটে বেড়াতে লাগল।
গোটা শহর নোংরা হয়ে গেছে।
শহরের সর্বত্র আবর্জনা ছড়িয়ে পড়েছে।
আবর্জনার কারণে তাজা বাতাস দূষিত হয়ে পড়েছে।
গোটা শহর জুড়ে পচা আবর্জনা!
আমাদের এটা সাফ করতে হবে।
সাবু! ঝড়ের কারণে প্রচুর আবর্জনা হাওয়ায় উড়ে বেড়াচ্ছে।
এসব পরিস্কার করতে তুমি আমাদের সহায়তা করবে?
অবশ্যই!
এখানে দুর্গন্ধ আসছে।
হুবা... হুবা!!

ঝড় থামলে...!
এখানে প্রচুর আবর্জনা জমে রয়েছে। শহর পরিস্কার করার জন্য অত্যন্ত মেহনত করতে হবে।
এখানেও আবর্জনা জমে রয়েছে।
আমাদের কিছু একটা করতে হবে।
আবর্জনার স্তুপ ক্রমশঃ আকাশের দিকে উঠে চলেছে।
আমাদের এই সমস্যার সমাধান খুঁজে বার করতেই হবে।
চাচাজী এই সমস্যার সমাধান বলে দেবেন। চলুন, আমরা ওনার কাছে যাই।
চাচাজী! আপনি আমাদের আবর্জনা পরিস্কার করার উপায় জানান।
এটা এক বিরাট বড় সমস্যা! আমাদের এই আবর্জনাকে কোন কাজে লাগাতে হবে।

উপায় জাৈ নান।
ভেজা আবর্জনা থেকে কম্পোস্ট সার তৈরী করে সেটা আমরা চারাগাছ আর পার্কে ব্যবহার করতে পারি।
আমাদের নিজেদের বাড়ীর আবর্জ না শুকনো আর ভেজা পাত্রে আলাদা করে রাখা উচিত।
আমার বন্ধু ভরত তোমাদের কম্পোস্ট সার তৈরী করার ব্যাপারে জানাবে।
এই পাত্রে ভেজা আবর্জনা একত্রিত করুন।
এর সাথে কোকো ডাস্ট আর শুকনো পাতা মেশান।

এটাকে মাঝে-মাঝে ওল্টাতে-পাল্টাতে থাকলে কম্পোস্ট সার তৈরী হয়ে যাবে।
এবার তো তোমরা জেনে গেছ যে, কম্পোস্ট সার কি ভাবে বানাতে হয়!
40% থেকে 50% শতাংশ আবর্জনা কম্পোস্ট সার তৈরীর কাজে আসতে পারে।
লোকেরা নীল আর সবুজ পাত্র প্রয়োগ করতে লাগল।
এবার আমাদের শহর পরিস্কার থাকবে।
চাচাজী! আপনার প্রচেস্টায় আমাদের শহর পরিস্কার হয়ে উঠেছে!

রদ্দিতে প্লাস্টিকের বোতল বেচে আমরা টাকা কামাতে পারি।
আবর্জনা থেকে সাজ-সজ্জার সরঞ্জামও তৈরী হয়।
প্লাস্টিককে রি-সাইকেল করে রাস্তা, ইঁট আর পাইপ বানানো যেতে পারে।
শুকনো আবর্জনা নীল পাত্রে রাখো।
আসুন... আমরা সবাই আর সবুজ পাত্রে আবর্জনার সদুপযোগ করে গান্ধী জী-র স্বচ্ছ ভারতের স্বপ্নকে সাকার করে তুলি।
বিদায়, আবর্জনা... স্বাগত, স্বচ্ছতা!!
আমাদের স্বচ্ছ ভারত!

চাচা চৌধুরী সুপার ষ্টার

আপনি কি পারমিশন দেবেন, চাচাজী ?
এক শর্তে !
ফিল্মে এনার পত্নীর রোল আমি-ই করব।
সুপার স্টার সজনী দেবা যখন আমাকে কোলে তুলে নেবে, বড়ই মজা আসবে।
হ্যাঁ, গিন্নী ! তোমার তো মজা আসবেই।
কিন্তু তোমাকে কোলে তোলার পরে সজনী দেবা হাসপাতালে পৌঁছে যাবে।
আমি আপনাকে আমার অন্য ফিল্মে চান্স দেব।

আমার তরফ থেকে পারমিশন আছে, মুর্গাপ্পা জী!
থ্যাঙ্কস্!
আমি শুটিং-য়ের প্রস্তুতি নিচ্ছি।
ফিল্ম শুটিং!
এ্যাকশন!
চাচার চরিত্রে অভিনয় করতে থাকা হীরোকে বদমাশেরা চার পাশ থেকে ঘিরে ধরেছে। চাচাজী এক পাশে বসে শুটিং দেখছেন।
ধাড়!!
সজনী দেবা ভালো এ্যাক্টর! হু-ব-হু আমার মত এ্যাক্টিং করছে।

দুজন আসল বদমাশও শুটিং দেখছিল।
তুমি সুপার স্টার সজনী দেবাকে দেখেছ, ডকারো ?
হ্যাঁ, ও তো একাই বেশ কয়েকজনকে পিটিছে।
এটা হচ্ছে ফিল্ম। আসলে ও এতটাই ভীতু যে, সামনে ইঁদুর এসে পড়লেও ও নিজের বিশেষ বিমানে চেপে বিদেশে পালায়।
তাহলে ওকে কিডন্যাপ করাটা অত্যন্ত সহজ কাজ।
ঠিক বলেছ।
কালই আমরা ওকে কিডন্যাপ করে নেব।

পরের দিন!
লাইট! ক্যামেরা!!
CHACHA CHOUDHARY
PROD. NO.
SCENE
1
TAKE
1
ROLL
1
SOUND
DATE Today
DIRECTOR
এ্যাকশন!
BANG!
THUD! THUD!!
আজ এ্যাকশন আমরা করব।
কেউ নিজের জায়গা থেকে নড়বেন না। আমরা সুপার স্টার সজনী দেবাকে কিডন্যাপ করতে এসেছি।

এই ড্রেস খুলে চুপচাপ
আমাদের সাথে চলো,
সজনী দেবা !
ঠিক আছে।
প্রথমে আমি পাগড়ী খুলছি।
সর্র র্র!
ফ
টা
ক্!
ফট্!
আহ ! !
আউ ! !

এবার তুই শেষ!
ঠাঁয়!
শিক্!!
তোমার গুলিতে আমার
কিছুই হল না!

এবার আমার ছড়ির কামাল দেখো... !
সাঁয়! সাঁয়!!
চাচা চৌধুরী নিজের ছড়ি গোল-গোল ঘোরাতে লাগলেন।
তারপর ছড়ি সামনের দিকে ছুঁড়লেন !
ধড়াক ক্!
আহ !
ছড়ি স্তুন্দ টার্ন নিয়ে চাচা জী-র দিকে ফিরে এল।

ডকারো! হায়, সুপার স্টার সজনী দেবা আমাদের এই হাল করে ছেড়েছে।
তুই যে বললি, ও নাকি ইঁদুরকেও ভয় পায়।
তোমরা ইঁদুরের কথা বলছ... ও কাল রাতে আরশোলা দেখে ভয় পেয়ে গিয়েছিল আর নিজের বিশেষ প্লেনে চেপে পালিয়ে গেছে। ওর জন্য আমরা শুটিং বন্ধ তো রাখতে পারি না, সেজন্য...!
... আমরা চাচা চৌধুরীকে কয়েকটা সীনে এ্যাক্টিং করার জন্য অনুরোধ করি।
চাচা চৌধুরী আমাদের অনুরোধ মেনে নিয়েছেন।
আর তোমরা চাচা চৌধুরীর মুখোমুখি হয়ে পড়েছিলে।

চাচা জী! আপনার এ্যাক্টিং আর এ্যাকশন দেখে আমি মুগ্ধ হয়ে উঠেছি। আমি সুপার স্টার সজনী দেবার জায়গায় এই ফিল্মে আপনাকে নিতে চাই।
আপনি কি রাজী?
না, স্যরি!
চলি!
তোমার রাজী হয়ে যাওয়া উচিত ছিল... তাহলে আমি তোমার নায়িকা হতে পারতাম।
সেজন্যই তো মানা করে দিলাম।
!!

চাচা চৌধুরী
আর
ন্যাশনাল মিউজিয়াম
নমস্কার, চাচাজী! আমি হচ্ছি ম্যাডাম কুসাড়।
আর আমি এনার ম্যানেজার গুটিয়া।
আমরা ন্যাশনাল মিউজিয়াম থেকে এসেছি।
ম্যাডামের শখ – উনি দেশ-বিদেশের প্রসিদ্ধ ব্যক্তিদের মূর্তি তৈরী করে মিউজিয়ামে রাখেন।
ম্যাডাম আপনারও মূর্তি বানাতে চান।

আপনার যেটা ভালো লাগে, করুন।
থ্যাঙ্কস্, চাচাজী!
শীঘ্রই...!
আপনার এই মূর্তির উদ্বোধন আপনিই করবেন, চাচাজী!
ধন্যবাদ, ম্যাডাম কুসাড়।
এর সাথে একটা সেলফী তোলা উচিত।
বাহ! এটা তো একেবারে আমার মত দেখতে।

এই মূর্তি দীর্ঘ সময় পর্যন্ত লোকেদের আপনার কথা মনে করাবে।
সেটা ঠিক।
আমি চলি।
এখানে আসার জন্য ধন্যবাদ, চাচাজী!
কিছুদিন পরে...!
ম্যাডাম কুসাড়, আপনি? আপনাকে তো খুবই চিন্তিত দেখাচ্ছে।

আমাদের মিউজিয়াম থেকে
মূল্যবান মূর্তি চুরি হচ্ছে।
বেশ কিছু মূর্তি
ইতিমধ্যেই চুরি
হয়ে পড়েছে।
সেই সব মূর্তি কে বা কারা চুরি করছে,
কিছুই জানতে পারা যাচ্ছে না।
মামলা সিরীয়াস!
কিছু একটা
করতে হবে।
এটাই ঠিক
হবে।*
* চাচা চৌধুরীর মগজ
কম্প্যুটারের থেকেও প্রখর!

আপনি নিশ্চিন্ত হয়ে ফিরে যান, ম্যাডাম কুসাড়। সব কিছু ঠিক হয়ে যাবে।
থ্যাঙ্কস্, চাচাজী!
সেই রাতে...!
MUSEUM
বস্ মিউজিয়ামের অটোমেটিক লক্ খুলে দিয়েছে। চলো, ভেতরে!
চলো!
মূর্তি ওঠাও!

দাঁড়াও !
আমাকেও নিজেদের সাথে নিয়ে চলো।
এটা কার গলা ?
আমার !
আরে ! এই মূর্তি তো কথা বলে !
আমি কেবল কথাই বলি না... !

... লাফাতেও পারি... !
... আর মারতেও পারি !
খ ড়া ক্!
খ্যাড়!
ঠাঁয়!
আহ হ !
ঢিশুম্!

এতক্ষনে তোমরা নিশ্চয়ই এটা জানতে পেরে গেছ যে, আমি চাচা চৌধুরীর মূর্তি নই... বরং চাচা চৌধুরী নিজে!
বাহ! চাচা জী, আপনি একাই এদের ধরাশায়ী করে দিয়েছেন!
এই হল আপনার মূর্তি চোরেদের বস্, ম্যাডাম কুসাড়।
আপনার ম্যানেজার গুটিয়া।
এ আপনার মিউজিয়ামের মূর্তিগুলোর দাম জানত।
থ্যাঙ্কস্, চাচাজী! আপনি আমার মিউজিয়াম বর্বাদ হয়ে যাওয়া থেকে বাঁচিয়ে নিয়েছেন।

চাচা চৌধুরী লক্ষ্মণ ঝুলা
সব কিছু রেডী, গিন্নী ?
হ্যাঁ।

শুধু সাবুর জন্য 40-টা রুটী বানানো বাকী আছে।

তার কোন প্রয়োজন নেই। আমি আপনাদের সাথে ঋষিকেশ ঘুরতে যাচ্ছি না।

আমি বাড়ীতে বিশ্রাম করব।
চলো, আমরা যাই!
বায়!
চাচা চৌধুরী সাবুকে সঙ্গে না নিয়েই যাচেছ।
ওকে শেষ করার এটা এক ভালো সুযোগ।
এসো, আমরা ওর পেছু নিই।

বাস ঋষিকেশ বাস ডিপোয় এসে পৌঁছল।
এখান থেকে আমরা সোজা লক্ষ্মণ ঝুলায় যাব।
লক্ষ্মণ ঝুলা!
আমরা লক্ষ্মণ ঝুলাকে চাচা চৌধুরীর মৃত্যু ঝুলা বানিয়ে ছাড়ব।

বাহ ! কত সুন্দর দৃশ্য !
এই সুযোগ !
লক্ষ্মণ ঝুলার
ষ্টীলের তারে বিস্টৈ
ফারণ করার !
ষ্টীলের তার
ভেঙে গেছে।
এবার আর
চাচা চৌধুরীর
রক্ষা নেই !

আরে!
ঝুলা ভেঙে যাচ্ছে।
আমরা পড়ে যাচ্ছি।
হা-হা-হা! এবার চাচা চৌধুরী শেষ!
হা-হা-হা!

তখনই...!
সাবু থাকতে চাচা জী-র...।
কিচ্ছু হবে না!
সাবু! তুমি এখানে!?
সব বলব। প্রথমে আপনি আর কাকী তাড়াতাড়ি লক্ষ্মণ ঝুলা থেকে বেরিয়ে আসুন।
এসো, গিন্নী!
সাবু চাচা চৌধুরীকে বাঁচিয়ে নিল।

পালিয়ে যাবে
কোথায় ?
যাও জেলে !
আউ !
আউ ! !
আপনারা চলে আসার পরে বাড়ীতে
একা আমার মন লাগছিল না। তাই
আপনাদের পেছনে-পেছনে আমিও এখানে
চলে এসেছি।
তুমি দেরীতে এলেও একেবারে
ঠিক সময়ে এসেছ।

চাচা চৌধুরী
রমোষ
বাহ ! রবিবার সকালে টি.ভি.-তে কত মনোরঞ্জক প্রোগ্রাম হয়। টি.ভি. ছেড়ে উঠতেই ইচ্ছে করে না।
পোঙ্গলু ! ঐ দেখ, চাচা চৌধুরী দোতলায় টি.ভি. দেখতে ব্যস্ত।
গোঙ্গলু ! তাতে আমাদের কি ?
আমাদের অনেক কিছু। আমরা চাচা চৌধুরীর এই মোষটাকে নিয়ে কেটে পড়লে কেমন হয় ? ফ্রী-তে দুধ-মাখন খাওয়া যাবে।
কিন্তু গোঙ্গলু ! মোষ তো দড়ি দিয়ে বাঁধা রয়েছে।
খুঁটি থেকে দড়ি খুলে আমরা মোষ নিয়ে কেটে পড়ব।
চাচা চৌধুরী টি.ভি.-ই দেখতে থাকবে।
দড়ি ওদিকে গেছে। খুঁটিও ওদিকেই হবে।

দড়ি আরও ওদিকে গেছে।
হয়তো খুঁটি বাড়ীর পেছন দিকে হবে। কে জানে, চাচা চৌধুরী মোষকে এত লম্বা দড়ি দিয়ে কেন বেঁধেছে ?
দড়ি আরও সামনের দিকে যাচ্ছে।
কিন্তু এবার দড়ি শেষ হয়ে আসছে।
বাপ রে !
হা ! হা ! !

চাচা চৌধুরী
কনস্টেবল ডাণ্ডাদীন
BUS STOP
বাস আসছে।
এই বাসে আমার জায়গা হবে না। আমি পরের বাসে যাব।

ওহো হ! কেউ আমার পকেট মেরে নিয়েছে। পকেটে আমার পাঁচ হাজার টাকা ছিল।
চেঁচাচ্ছ কেন? এটা কনস্টেবল ডাণ্ডাদীনের এলাকা... এটা অপরাধ মুক্ত এলাকা!
আমি জানি অপরাধী কে? খচ্চু পকেটমার।
না... আমি কিছু করিনি।
ধরা পড়লে সবাই এমনটাই বলে।
তুমি পাঁচশ বার জেলে গেছ।
26 নম্বর অপরাধটাও তুমি-ই করেছ।
আমি এখন নিজেকে শুধরে নিয়েছি।

ডাণ্ডাদীন ! ও বলছে যে, ও অপরাধের পেশা ছেড়ে দিয়েছে ।
বিছে কি দংশন করার অভ্যাস কখনো ছাড়তে পারে ?
চাচা চৌধুরী ! আপনি কবে থেকে চোর-ডাকাতদের হয়ে ওকালতী করতে লাগলেন ?
হাবিলদার ! তুমি কি বাল্মীকির নাম শোননি ? উনি প্রথমে ভয়ংকর ডাকাত ছিলেন ।
কিন্তু প্রায়শ্চিত্ত করার পরে উনি কেবল উচ্চ শ্রেণীর মহাত্মাই হয়ে ওঠেন নি... বরং রামায়ণের মত মহাকাব্যও রচনা করেছেন ।
খচ্চু ! তুমি নিজের পকেট হাবিলদারকে দেখিয়ে দাও ।
দেখো, এটা পুরো খালি ।
তাহলে চুরির টাকা গেল কোথায় ?
আসল চোর পালানোর আগে ওকে ধরো !

BUS STOP
এই হচ্ছে চোর !
এসব কি ?
চৌধুরী ! আপনার মাথা খারাপ হয়ে যায়নি তো ? ঐ মহিলার দুটো হাতেই ব্যাণ্ডেজ বাঁধা রয়েছে ।
ব্যাণ্ডেজ তো কেবলমাত্র ধোঁকা !
ব্যাণ্ডেজ শুধু লোক দেখানো ।
আমাকে মাফ করে দিন । এই নিন পাঁচ হাজার টাকা... যেটা আমি ঐ লোকটার পকেট থেকে বার করে এনেছিলাম ।
আমার টাকা !

চাচা চৌধুরী
ফোয়ারা
সামলাও আমার বল !
ষ্টাক ক্!
কড়াক ক্!
যাও এখান থেকে ! মাঠে গিয়ে ক্রিকেট খেলো ।

এখানে খেললে কেউ বাধা দেবে না।
সাবু ! আমরা এখানে ক্রিকেট খেলব।
খেলো !
তুমি এখানে বসে থাকলে আমরা কি করে খেলব ?
আমি থাকলে ক্ষতি কি হয়েছে ?
তোমার গায়ে বল লাগবে।
লাগতে দাও !

তোমার গায়ে লাগতেই আমাদের বল ফেটে যাবে।
আমি এখান থেকে উঠলে তোমরা আর খেলতে পারবে না।
তুমি গেলে তবেই আমরা খেলতে পারব।
ঠিক আছে... আমি যাচ্ছি!
আমি ঐ ফোয়ারাটার ওপরে বসেছিলাম!

চাচা চৌধুরী
কুণ্ডল আর চাকা
চাচা জী! আপনি কথা দিয়েছিলেন যে, আপনি আমাকে খেলার জন্য একটা খেলনা দেবেন।
হ্যাঁ, আমি বলেছিলাম। কিন্তু রিকী, সেটা কেনার মত পয়সা এখন আমার কাছে নেই।
তাহলে আপনি সাবুর কানের কুণ্ডল আমাকে দিয়ে দিন... আমি ওটা দিয়ে চাকা চালাব।
তুমি এটা নিতে পারো, রিকী! খেলা হয়ে গেলে আমাকে ফিরিয়ে দিও।

বাহ হ! এটা প্রচণ্ড জোরে ছোটে।
ঢালান এসে গেছে।
ওহো হ! ওটা অনেকটা এগিয়ে গেছে। আমি অত জোরে ছুটতে পারব না।
ইরশাহ! কারও চাকা গড়াতে-গড়াতে আমাদের কাছে এসে পড়েছে।
এটা তো খাঁটি সোনার তৈরী! এটা কয়েক হাজার টাকায় বিক্রী হবে।

আমার চাকা !
চুপ ! বেশী চেঁচালে এক থাপ্পড় লাগাব।
বুদ্ধন ! মাথা খাটিয়ে কাজ করো। ছেলেটা কান্নাকাটি শুরু করলে পুলিশ এসে পড়বে। আমাকে সামলাতে দাও একে।
সোনা বাচ্চা ! ঐ ছোট্ট চাকাটার বদলে আমি তোমাকে সাইকেলের বড় চাকা দিচ্ছি। এটা খুব জোরে ছুটবে।
চলো... কেটে পড়া যাক।

রিকী! আমার কুণ্ডল কোথায়?
দুজন বদমাশ ওটা নিয়ে নিয়েছে।
আর এই সাইকেলের চাকা দিয়ে দিয়েছে।
আমি অন্যদের জিনিষ নিই না। এটা ওদের ফেরত দিতে হবে। চলো আমার সাথে।
ঐ যে ওরা পালাচ্ছে।
যাও!
সর রাট ট্!

ধড়াক ক্!
আউ উ...
আমার ঘাড়!
সোনার কুণ্ডল পড়ে গেছে।
এটা আমি উঠিয়ে নিচ্ছি!
?!
পালাও!
সাইকেলের টায়ারটাও হারালাম!

Word Puzzle

S	S	H	A	S	H	C	R	A	B
T	I	S	R	K	E	L	L	N	A
G	N	E	A	H	O	D	O	C	E
R	A	Y	L	O	R	O	L	P	H
S	Q	U	S	B	S	H	W	H	I
T	D	I	T	O	E	S	L	A	N
U	R	T	E	C	F	I	E	L	R
J	E	L	R	T	O	P	U	A	E
E	S	E	A	B	E	D	S	R	E
L	L	Y	F	I	S	H	C	O	F

ANEMONE
COD
CORAL REEF
CRAB
DOLPHIN
FISH
FLYING FISH
HALIBUT
HERRING
JELLYFISH
LOBSTER
MORAY EEL
MUSSEL
OCEAN
OCTOPUS

OYSTER
PLANKTON
SALMON
SCUBA DIVING
SEABED
SEAHORSE
SEAWEED
SHARK
SHELL
SQUID
STARFISH
STINGRAY
TURTLE
URCHIN
WHALE

S	A	L	M	A	N	E	M	E	T
S	M	O	O	P	N	K	O	N	U
T	A	R	N	L	A	T	O	N	B
S	R	A	Y	U	R	M	L	E	I
C	F	I	E	E	C	U	S	S	L
U	B	S	H	L	H	I	N	H	A
C	A	D	I	V	O	T	E	R	D
O	D	G	N	I	Y	S	G	S	E
F	I	N	H	S	E	H	N	E	E
L	Y	G	F	I	R	R	I	A	W

Complete this puzzle and send us back to win a surprise prize - write down the following details in block letter: Complete Name, Telephone Number with STD code (Mobile Number), Age, Place of Birth, Date of Birth, Gender, Email ID and Complete Postal Address with Pincode.

Diamond TOONS

Discover Talent @ Diamond Toons
X-30, Okhla Industrial Area, Phase-II, New Delhi-110020
Ph.: 011-40712100, 40712200, E-mail: sales@dpb.in